KB060848

파리에 비가 오면

일러두기
본 책의 글과 그림은 전 세계의 다양한 크리에이터, 팬들이 함께 만들어가는 커뮤니티 그라폴리오를 통해
2014년 여름부터 2016년 가을까지 연재되었던 연재분을 선별하여 엮은 것입니다.

현현 감성 그림 에세이

파리에 비가 오면

B 북폴리오

Contents

Prologue

오래전 한 연인에게 비가 내린다

그 낡은 기억들은

흐릿한 그림으로 남아 있다

진부한 이야기지만

난 눈물이 날 것만 같아

주먹을 꼭 쥐고 그려낸다

점점 흐려져 다 기억하지는 못해도

그들이 함께한 모든 것을 사랑하고 있다

난 아직 사랑하고 있다

봄

봄
—

잠긴 창으로 소리 없이 들어왔다
내 왼쪽 볼을 만져 단잠을 깨웠다
누구냐 물었다

봄이라 했다

빗속의
그대

—

빗속의 그대

당신을 사랑하게 되었어요

그대
향기
—

나비가 그녀에게 날아와 앉았던 기억이 난다
드문 광경이었는데
그렇게 그녀에겐 은은한 향기가 있었다

가끔 아무도 없는 방문을 열 때
혹은 술을 많이 마셨을 때
난 그 향기를 아주 잠시 기억해 낸다

이젠
얼굴도 감촉도 잊어 가지만
좀처럼 사라지지 않는 향기만 코끝에 조금 남아 있다

세상의
모든 것
—

세상에 있는 그대로 완벽하지 않은 것이 있을까요
겨울이 채 가기도 전 다가온 봄
이 계절만큼 완벽한 것이 있을까요

들에 핀 이 꽃보다 완벽한 물감이 있을까요
그 은은한 향보다 향기로운 것이 있을까요
아직 피지 않은 봄에 코를 대고
향기를 찾는 저 아이들보다 완벽한 것은 어디에 있을까요

마음 가득 불만족만 품고 살아온 나만큼이나
모자란 것이 있을까요
미워하며 시기하며 다투며 치열했던
몇 푼 돈에 악랄하게 이를 물던 나보다
더 부끄러운 것이 있을까요
어느새 찾아온 눈앞에 놓여진 이 계절도 보지 못하고
낭만을 입으로만 봐왔던 우리들만큼이나
가난한 사람들이 또 어디에 있을까요

그대와
—

그대와
그대의 숨결에만 귀 기울이고 싶다

그대의 손만 잡고 싶고
그대의 이야기만 듣고 싶다

그대의 입술에 입 맞추고
그대의 눈빛만 바라보고 싶다

그대와 함께 생각하고
그대 옆에서 살아가고 싶다

내 가슴에 얼마 남지 않은 따스함을
그대에게 주고 싶다

내 유일한 사랑 그대와
내 영원한 꽃 그대와

비가
오네

—

비가 오네

그대를 생각하네

사랑할 수밖에 없는 이 비처럼

그대는 그렇게 내게 왔었네

진부한 옛사랑, 오래전 이야기

그대에게 하고픈 말 가득하네

이제는 울지 않고도 그대를 그리워하네

문득 비가 오네

그녀의 가슴에 빗소리가 고요하네

어른이 된 것 같은 착각에 빠져드네

Ring
—

결혼식에 다녀왔다
오래전 친구들을 만나
웃으며 손뼉을 쳤다

누군가 결혼한다는 소식도
누군가는 이별했다는 소식도 들려왔다

설레고, 사랑하고
또 아파했을 날들을
굳이 듣지 않아도 알 것만 같았다

문득 그대를 생각한다
같이 오고 싶었다는 생각
언젠가 저 큰문으로 함께 걸어 들어가는 모습
나도 모르는 사이 그대를 생각하고 있다

반지를 가진 사람들 사이에서
이 멍청이는 돌아오지 않는 계절을 바라보고 있다

어느
멋진 날
—

문득 날아오를 만큼 멋진 날이면
그대에게 달려가
나의 소식을 전하고 싶다

굳게 닫힌 문이 열리지 않아도
그대 손끝에 닿을 방법이 생각나지 않아도

그대를 보고 싶다
그 미소를 보고 싶다

호우

—

비가 오네요
너무 큰 비라 창문을 잠그고 숨어 버렸어요

혼자인 건 괜찮지만
이런 날은 조금 무서워요

정말 이럴 건가요?
내 마음 다 알고 있잖아요

지금
만큼은
—

쓸쓸한 화가의 방에는
완성 못한 추억들이 오늘도 그려지고 있어요

수없이 그리고 또 그려내도
우리가 남긴 것 중
아름답지 않은 건 찾을 수 없네요

오늘은 햇살이 속삭이듯 내 볼에 따뜻해요
바보 같지만
지금만큼은 그대도 날 생각하고 있을 것 같아요

비를
따라

—

오늘도 비를 타고
그대를 따라온 애상이
가슴을 적시네요

나 한참을 여기에
그대를 느끼며 서 있어요

이 마음
고장난 우산처럼
비를 가리지 못하고,
내리는 비 앞에 내칠 수도 없네요

아직도

—

유난히 따스한 날
그대 미소처럼 눈이 부신 날
난 햇살 속에서 그대를 생각해요

종일 이곳에 앉아
그대가 곁에 있는 것만 같아
또 슬픈 여자가 되어 버렸네요

그토록 영원하길 기도했는데
이젠 이 마음 정말 영원할까봐
겁이 나네요

봄비
—

봄이라 하기엔
아직 차가워서인지
눈처럼 조용히 비가 내리네

반가움에 우산을 챙겨들고
밖으로 나섰지만
빗소리를 따르는 내 발걸음만큼
애꿎은 그대만 벅차오르네

모든 것이 그저
그대를 떠올리게 하는
예쁜 도구일 뿐

노란 꽃도
이 따스한 계절도
내게는 좀처럼 들어오지 못하네

비가 내리는
이유

—

이렇게 비가 올 때면
그대의 목소리가 날 쓰다듬곤 했죠

그것은 화난 나를 얌전한 아이로
악랄한 나를 천사로 만들기도 했죠

세상에 치여
오랜 꿈을 잊은 나를 다시 꿈꾸게 하고

길을 잃은 내게
별자리가 되어 길을 알려 주기도 했어요

당신이 없는 오늘
당신 사랑의 수혜자로 살아가는 건
이렇게나 힘이 드네요

그대도 아직 비를 좋아하나요?
비는 내가 유일하게 그대를 만나고
맞이하는 방법이에요

비가 내리는 이유
내가 사랑하는 이유
그대가 그림이 되는 이유처럼…

당신은

—

우리가 행복했던 그때보다
사랑했던 시간들보다
그대를 느끼는 이 순간이 더 소중해진

그대는
커다란 따스함

당신은
거대한 사랑

별과
꽃과
기도
_

우리 이야기가 이미 끝나서인지
매일 밤 나의 기도는
누구도 귀 기울이지 않네요

수많은 밤이 흘러
나 회한에 잠긴 노인이 되고
다시 수많은 날이 지나
모든 걸 잊어버린 작은 아이가 된다 해도

내겐 늘 그대뿐
같은 사랑하고 싶어요

이루어질 수 없는 기도라면
밤하늘에 꽃이 피고
발밑에 별이 빛나는
그런 거짓말 같은 세상에서라도

다시 사랑해요 우리
그때와 같은 사랑

해요, 우리

그대가
꽃일 수밖에 없는
이유
—

세월이 지나도
지워지지 않는 향기 때문에

어떤 물감으로도
흉내 낼 수 없는 그 미소 때문에

나의 보잘것없는 좁은 가슴에
말도 안 되게 피어난 그 사랑 때문에

그대가 꽃이고
그대가 별이고

내가 사랑합니다

예감
—

바보 같은 내가 조금은 밉더라도
비가 오면 한번쯤은 날 생각해 주세요
그렇게 가끔은 나를 생각하는
그대를 느낄 수 있게

그대를 만나 사랑에 빠지고
선택하지 않은 이별도 받아들여야 했던
지금도 그대를 그리고 있는
어느 것 하나 확신하지 못하는 나를 위해

비가 오면
비가 그칠 때까지 만이라도
내 마음에 비가
그칠 때까지 만이라도

편지
—

오늘도 반복될
진부한 옛 이야기지만
모든 것의 시작과 탄생에는 의미가 있듯

내가 느끼는 고마움과 미안함은
다시는 받지 못할
그녀의 작은 글자들에서 시작되었네

내가 그림을 그리게 하고
지친 내 심장을 다시 뛰게 하고
편지 속 내 이름을 가진 남자를 그리워하게 하고

이제 어쩌면 난, 이미 사라진 그대에게 가는 길 끝에서
그대가 아닌 그 남자가
돌아오길 기다리고 있는지도 모르겠네
분명 슬픔에 잠겨 힘없이 걸어올 그를

몇 장의 종이를 들고
오랜 시간 기다리고 있네

아주 오랜 시간을
기다리고 있네

꿈을
꾸다
—

가끔 그대 꿈을 꾼다
말없이
아름다운 모습

꿈에서도 다르지 않게
난 그 어떤 것도 그대와 함께 할 수 없다

기억 속 가장 먼 자리에서
우두커니 바라보는 것뿐

행복

—

우린 잊지 않아야 해요
난 그대가 꿈꾸던 남자는 아니었지만,

예상할 수 없던 날들에 만났기 때문에
사랑에 빠졌던 것을

그대를 특별히 사랑한 건
내가 그대를 몰랐기 때문이에요

서로에 대해 아무것도 몰랐기 때문에
우리는 더 행복했어요

어느 날

—

어느 날 잠에서 깨어났을 때
사랑받고 있었으면 좋겠다

이 긴 꿈에서 깨어나

누군가를 미워하지 않은 채로
하루를 살 수 있었으면

처음 사랑하듯 그렇게…

내가 축복받은 사람이라 믿고 있던
그런 시간을 살고 싶다

그대가
좋아요
—

어느 봄 꿈결에 그대를 만나고
난 그대를 좋아하게 됐어요

그 시절 가슴이 내게 약속했지요
또 다시, 또 다시 그대를 좋아하게 될 거라고

모든 걸 잊어버려
다시 태어난다 해도

약속한 듯 얼굴을 부비고
향기를 찾을 거라고

오늘 아침

—

오늘 아침
이 도시가 너무 아름답더라
여기서 바라보기에 너무 아름답더라

우리가
사랑할 때

—

우리가 서로 사랑하는 걸 알게 되었을 때
난 아이처럼 좋아했었다

그녀는 그날을 두고두고
웃으며 이야기했고

훗날 어떤 이유에서건 슬퍼지려할 때
그날의 내 모습을 상상하면

이내 웃을 수 있었다고도 했다

여름

알 수
없어요
—

인생은 예측할 수 없었고
사랑은 계획할 수 없었다

행복은 상상하지 않을 때만 찾아왔고
그는 생각보다 오래 머무르지 않았다

사랑한 후에 그리움이 온 건지
그리움 좋아 아직 사랑하는 건지

그대가 그리워 그리게 됐는지
그리워하기 위해 그댈 그리고 있는지

삶에 대해 많이 알았다 생각한 순간
아무것도 모르고 있음을 알게 되었다

그대
생각
—

머칠간 계속 되네요

무슨 그림을 그려도…

들어와도
괜찮아
—

들어와도 괜찮아

문 앞에서 망설이고 있다면
들어와도 괜찮아

혹시나 내가 미쳐 못봐서 돌아가려 했다면
그냥 들어와도 괜찮아

그저 어쩌다 한번 내 생각났을 뿐이라도
지워질 때까진 머물러도 괜찮아

어쩌면 비가 올지도 모르잖아
들어와도 괜찮아

달빛
—

아침이면 그대가 밉다가도
밤이 오면 거짓말처럼 그대를 그리워한다

그대에게 속삭였던 많은 이야기를
달빛은 알고 있는 듯하다

Walking
in the Rain
—

비를 기다리듯
비가 오는 날에도 비를 생각하듯
난 늘 빗속을 걷는다

이 길 끝에서
그대를 만날 수는 없지만
발걸음마다
난 그대를 느낄 수 있다

귓가에 속삭였던
수많은 노래들…
멈추지 않는 빗속에서
난 그대의 웃음소리를 들을 수 있다

내가 비를 좋아하는 건
비를 통해서만
우리가 사랑했던 시간을
온전히 기억할 수 있기 때문이다

애상에 그쳐버린 나의 옛사랑
난 늘 비를 생각한다

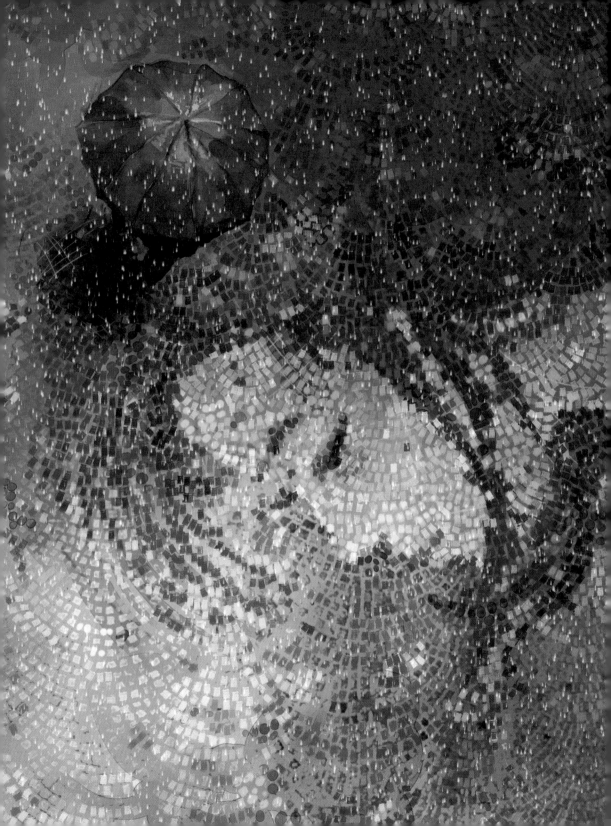

그 아침

—

오래전 그 아침은 전에 없이
눈부셨죠

우린 처음부터 다른 곳으로 향하고 있었지만
그 후로 오랜 시간 서로를 바라보게 되었어요

그대는 어떤가요
우리보다 늘 조금 빨랐던
이 도시를 어떻게 견뎌내고 있나요

나만 모르는 나의 비밀은
내가 아직 그대를 보고 있다는 거예요

또 보고 싶어지네요
언제 어디서가 되어도 좋으니
그때처럼 잠시라도

비가 오는
꿈
—

새벽녘에 꿈을 꾸었어요
빗소리에 깬 건지 화장실에 가고 싶었던지
아주 잠시뿐이었네요

그 미소…
손을 잡았던 것 같은데
빗속에서도 매우 따뜻했어요

바보처럼 아직도 만남을 꿈꾸네요
너무 바보 같죠

그래도 미워 말아요 그래서 날 좋아했잖아요
사랑할 때도 참 바보 같았는데
아직도 그러네요

무엇
때문에
—

그해 이맘때 즈음이었죠
굳이 예쁘게 하고 온 머리를 풀러
내게 다시 땋아 달라 했었죠

난 어떻게 하는지도 모르고
정말 열심히 땋았어요
미안하게도 엉망인 머리를 하고
하루 종일 나와 걸어야 했죠

그때 왜 그렇게 즐거워 했나요
무엇 때문에 그렇게 행복해 했었나요

비오는
저녁

―

비오는 저녁을 걷는다

잊고 있었나보다
비를 통해 세상을 보면 참 아름답다는 것을

내가 그대를 통해
세상의 아름다움을 처음 알았듯

그림을 그리는 건 나지만
그토록 아름답게 만드는 것은 그대가 아닐까

그대였으면

—

춤을 추던 기억이 난다
발끝에 전해지던 시간의 흐름과
귓가에 속삭이던 평범한 이야기들이 생각난다

그때 난 어떤 사람이었을까
지금은 노력해도 할 수 없는 일을
어쩜 그렇게 아무렇지 않게 했을까

다시는 하지 못할
그 유치한 사랑
향기도 맛도 잊어버렸지만

내 유일한 바람은
그대가 되었으면 좋겠다는 것
귓가에 유일하게 사랑을 말하던

그대였으면 좋겠다

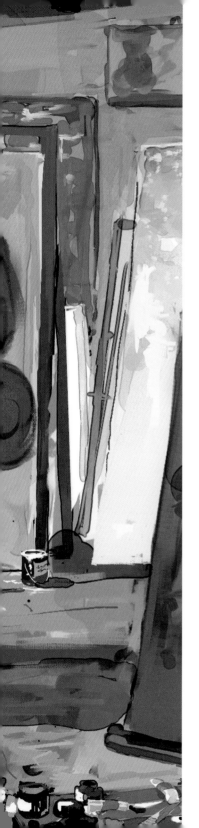

오늘도
—

그림이 시작된 후
난 하루도 거르지 않고
그대를 생각해요

오랜 날들이 지나도
그대에게 전하고픈 이야기는
울음을 턱밑까지 차오르게 하네요

차라리 그리지 말 것을
그림 따위 잊고
그대와 사랑하며 살아볼 것을

시간은

—

시간은 늘 조금은 빠른 듯하다
하지만 가끔 그녀와 함께 한 무언가를 떠올릴 때면
천천히 흐르다 이내 멈추어 버리기도 한다
변덕쟁이

시간이 멈추려 하면
빗방울 하나하나에 이름을 붙이기도 하고
하나하나의 이야기에 귀를 기울이며
그 순간에 머무르곤 한다

내 어깨를 지그시 적셔올 즈음
그는 허락도 없이 날 번쩍 들어
지금에 내려놓지만

돌아와 눈 감으면
아직도 난
그날의 그녀를 의식하고 있는 듯한 호흡을 하게 된다
나의 일부가 아직 그곳에 살고 있는 것처럼

우리는

이른 아침 창가에 빛이 부서지면
그대의 하얀 볼에 한참이고 머무르고 싶었죠

물 한 모금을 나누어 마시고
마주보기만 해도 좋았는데

그 순간들을
조금은 기억하나요

그 시절 우리는
어쩌면 사랑할 수 밖에 없었는지도 몰라요

훗날 이렇게 살아갈 것을 알아도
몇 번이고 같은 사랑하고 싶네요

실화
—

이렇게 말도 안 되는 상념에 빠져있으면
내 이마에 손을 데고 "정신차려!" 라고
소리치던 사람이 있었다

결국 내가 원하는 대로 결정할 것을 알면서
끝까지 들어주고 이해한다 말해주던
비좁고 먼지밖에 없던 나를
그렇게도 사랑스러운 눈빛으로 바라봐 주던

세상 가장 아름다운 순간에
난 가장 비참했었다

해가 지고 그녀를 바래다주면
돌아오는 차가운 골목길엔
늘 이별이 내 뒤를 밟았다
그의 발소리가 너무 두려웠다

내 어깨를 잡아 세울까
내게 뿌리치고 도망칠 힘이 있을까
더 빠르게 달려 그녀 품으로 돌아갈 수 있을까

난 모든 것에 실패했다

외출

—

외출 시간이 다가오는데 비가 올 것 같네요
괜찮아요 우산이 있으니까요
그때처럼 빗속을 달려도 좋겠네요

말없이 있다가도
일어나 걷기 시작하면
늘 그랬듯이 쏟아져 내릴 것을 알고 있어요

오늘은 어떤가요
그때 그 거리를 지난다면
갑작스런 비처럼 날 맞이해줄 건가요

그대가 만약 내 앞에 나타난다면
난 늘 연습했던 것처럼 달려가 안기겠죠
꼭꼭 참아왔던 많은 것들이 왈칵 쏟아져 내리겠죠

그럴 리 없겠지만
그대는 맑은 날에도 우산을 준비해야 할 거예요
내가 문득 쏟아져 내릴지도 모르니까요

피아노
—

비처럼 갑자기 찾아와
이리도 가슴을 적시는 건가요

들려주고 싶은 노래가 많이 있었는데…
빗소리에 길 잃은 손가락이 부끄러워 하네요

나와 닮은
그대
—

거울 속에 사는 사람

나와 닮은 그대

지금의 내가 당신을 원망할까봐

늘 근심스런 표정이던 그대

수많은 날을 노력해 오고도

내게 실패한 인생을 선물할까봐

매일 두려워 잠 못 들던 그대

조금은 늦은 듯하지만

이제서라도 그대에게 고마움을 전하고 싶다

지금의 나를 위해 고뇌하고 인내해주어서 고마웠다고

그것이 충분히 의미 있었다고 말해주고 싶다

그대가 그렸던 삶과는 조금 다르지만

그대가 만들어 놓은 거대한 행복 안에 살고 있음을

알려주고 싶다

그대의 힘없는 어깨에 손을 얹고

그대의 떨리는 손을 잡고 말해주고 싶다

모든 것이 의미 있었다고

그대는 할 수 있는 모든 것을 해주었다고

안아주고, 말해주고 싶다

고맙다고, 고마울 것이라고

행복, 선물

—

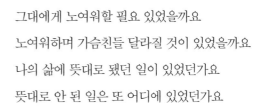

그대에게 노여워할 필요 있었을까요
노여워하며 가슴친들 달라질 것이 있었을까요
나의 삶에 뜻대로 됐던 일이 있었던가요
뜻대로 안 된 일은 또 어디에 있었던가요

매일 한탄하다, 원망하다 아등바등 살아왔지만
때로는 나의 숱한 바람이 뜻처럼 이루어지지 않아서
정말 다행인 것 같아요

이 가난한 마음에 누군가의 불행을 기도했던 것이
조금도 이루어지지 않아서 다행이라 생각해요

오늘 문득 저들이 아름다운 건
내가 아름답게 보기를 원했기 때문이겠죠
나이를 먹는다는 건 그걸 알아가는 것 같아요

돌이켜 보면 물처럼 공기처럼
아무 향기도 맛도 없었지만
그것이 바로 나의 인생이었네요

이제와 서러운 눈물도
벅차는 설렘도 없지만
내겐 생명이었네요

바다에 핀
꽃
_

왜 다가가도
날아가지 않는 거니

그저
바다에 피어난 꽃인 거니

별빛
—

저 별들에 이를 수 없지만
별빛을 따라 그대 얼굴 그리며
나 잠시나마 그대를 봅니다

오늘도 그대에 닿을 수 없지만
나 이토록 그대를 아끼어 생각하고
많은 계절 끝에 그림이 완성되어 가네요

나의 오랜 기도가
그대에게 조금이라도 전해진다면

저 별이 그러하듯
내 생각에 그저 한번 웃어줘요

그저 한번,
난 그거면 돼요

아무것도
그릴 수 없는 날

—

아무것도 그릴 수 없는 날들이 계속된다
내 안에 알 수 없는 갈등이 계속된다

어디를 가도 그녀 얼굴이 가득하던 시절이 있었다
입을 열면 절절한 이야기가 쏟아지던 그런 시간이
손은 그저 받아 적기만 하면 그림이 되던 날들이 계속 됐다

이젠 어디에서도 그녀 얼굴을 찾을 수 없다
흰 종이를 펼치고 아무것도 적을 수 없는 날들이 계속된다
손은 애꿎은 연필을 나무란다

점점 그리움이 사라지나
그것 때문에 살이 찌고 그것 때문에 살이 빠지고
애상, 애환, 그리움 내겐 그것뿐이었나

별들이
사는 곳
—

별들이 사는 곳
나의 바다 어느 건너편
추억이 잠들어 있는 곳

그 시절 그대가
눈부시게 웃던 곳
별처럼 빛나던 그 눈빛을
나만 볼 수 있던 곳

아무리 멀리 있어도
그토록 많은 날들이 흘러도
기억을 떠날 수 없어
가슴에 기념된 그곳

별들이 사는 곳
그대가 있는 곳

세계수
아래에서

　—

꿈을 꾸었다
큰 나무를 향해 달려 갔다
볼에 바람을 느꼈다
나무는 높아 하늘까지 닿을 듯 했다

나무에 다다라 고백 같은 기도를 했다
너무나 고맙다고

그리고 미안했다고

당신은
꽃이랍니다
—

당신은 꽃이랍니다

이름 없는 향기에 나 눈을 감던
당신은 꽃이랍니다

마른날엔 나비들이 찾아와 말없이 머물던
당신은 꽃이랍니다

긴 겨울이 계속되던 메마른 시절에
당신은 한 송이 예쁜 꽃이랍니다

눈 뜨면 그리고 눈 감으면 꿈꾸는
내 삶의 유일한 분홍색
그대는 나의 꽃이랍니다

비 구경

비를 보면 생각에 잠겨요
누군가 떠오르고
미안함과 고마움이 가슴속에 벅차올라
이내 감격하고 또 감동하곤 하죠
오랜 시간이 지나도 변함이 없어요
문제는 우리가 비를 보고 있을 시간이
점점 없어지고 있다는 거죠

우리 아파트에는 고양이 가족이 살고 있어요
누군가 지어준 집도 있고
밥을 주는 사람도 여럿 있죠
비가 올 때면 그들은 늘 비를 보고 있어요
무슨 생각을 하고 있는지는 모르지만
다가가도 피하지 않고 한참을 바라보곤 하죠

가끔은 부럽기도 해요

보고
싶어요
—

잘 기억나지 않는 꿈이지만
그대가 다녀간 것 같아요

그대는 이제 잘 지내서인지
다 잊어서인지
꿈에서도 날 원망하지 않네요

함께 거닐던 그때가 생각나요
그 한적한 시골길에서
그대의 목소리가 들려오는 것 같아요

이름 모를 풀 하나에 웃음 짓던
그대가 보고 싶어요

너무 보고 싶습니다

가을

가을

—

어제까진 여름이었는데
오늘은 문득

잘
지내나요

—

단풍이 물들 듯 서서히 찾아와
낙엽이 떨어지듯 한순간에 사라진
가을은 우리와 참 닮았네요

매일 그대가 미워도
거짓말처럼 그리워져 또 묻고 있어요

잘 지내나요

길을 잃다
—

모든 걸 기억하네
기억하는 만큼
그녀는 아직도 많은 것을 느끼네

미소는 여전히 아름답지만
눈물은 깊은 곳으로 흘러
결국 마음을 적시네

오늘도 걷고 있네
어제 걸었던 그 길을
어제 보았던 그 꽃을

변화는 아주 오래전 놓쳐버리고
매일 조금씩
상실에 대해 기록하게 되었네

오래전 그날 갈 곳을 잃은 그녀는
잃어버린 모든 걸 기억하네
기억하는 만큼

가여운 가슴만 적시네

가을이잖아요

—

다시 혼자가 되었군요
아뇨, 계속 혼자였던 걸요

이렇게 될 것을 알고 있었나요
흠, 어쩌면 처음부터요

그것을 알고도 그런 건가요
내겐 특별한 선물이었으니까요

이제 어떻게 할 건가요
가을이잖아요, 가을이니까

우선 가을을 만나보고요

그리움

—

그리움이 비처럼 쏟아진다
어떤 날은 구름처럼 아련했고
어제는 햇살처럼 따스했다

아픔에 슬퍼할 힘도 없이
슬픔에 눈물 흘릴 여유도 없이
그건 내 일부가 되었다

그녀가 나의 가슴에 묻었던 태양이
이렇게 어떤 날 떠오르는 것뿐이다

길

—

비가 올 것을 알고 있었니
알고도 따라 나온 거니

우리 둘 다 벌써 젖었구나, 미안해
그래도 조금만 더 걷지

유난히 보고픈 누군가가
반갑게 인사해 줄지도 모르잖아

사랑하고픈
날
—

고물 자전거에 그대를 태우고

시골 밤길을 노래하던 그때가 생각납니다

그대는 내가 사랑을 속삭인 유일한 사람이었습니다

나의 가난한 땅에 말도 안 되게 피어난 그 예쁜 꽃 한 송이…

그대와의 이야기를 많이도 그려내고 또 그리워했지만

그때마다 내 가슴은 검게 타 들어갑니다

시간은 흐르지만 난 멈추어 있습니다

파리에
비가 오면
—

비 내리는 거리를 좋아했죠
이 길 어디에선가 그대의 자리를 만들기 위해
오늘도 달리고 있겠죠

그대는 누구인가요
나에게 사랑을 속삭이던 사람인가요
원망스럽게 내 가슴을 치던 그 사람인가요

나를 기억하나요
보고 싶어 달려가겠다던 나를 기억하나요
차갑게 입을 다물던 그날의 나로 기억하나요

이렇게 비가 오면 그리다만 그림처럼
무언가 빠진 이야기, 누군가 없는 이야기가
다시 시작되려 하네요

이 도시에 더 이상 비가 오지 않는다면
멈추도록 해볼게요

그대를 생각하는 일
나를 미워하는 일
사랑하는 일

그 시절
그대가

—

감옥처럼 쓸쓸한 그 작은 옥탑에서
몸이 부서지는 힘든 노동 속에서
내가 그림의 끈을 놓지 못한 건

꿈꾸는 모든 것이 이루어 질 거라는
그 시절 그대의 속삭임 때문이었다

아주 오래전 그대가 준 온기가
아직도 내게 이렇게 빛나고 있다

그대가 나의 손을 잡고
우리가 말없이 사랑했으며
그토록 아프게 이별했기 때문에

내
가슴엔
—

그대와 내가 많이 울던 날
세상도 슬픔에 그 예쁜 별을 다 감추었던 날
그날 이후 난 하루도
그대를 위한 기도를 잊은 적이 없습니다

그대의 행복을 기원합니다
내 가슴에 가득한 이 별처럼
그대의 미소를 기도합니다

애상

—

가을이 물들어 가네
이 계절이 이렇게 차가운지 몰랐었네

이 아름다운 시절에 살면서
눈물을 꼭 참고 웃어내지 못하는
내가 원망스럽네

오늘도 애상에 사로잡혀
바보 같은 여자가 되어 버렸네
창가에 홀로 서 수많은 질문에 대답하지 못하네

가을이네 나에겐 오래전부터 가을이었네
문득 그대 어디선가 나타나 날 안아 줄 것만 같네
정말 어쩔 수 없는 나의 계절이네

노을

만약 사랑이 하루와 같다면

난 이렇게 져버린 태양에도 눈을 떼지 못하고

그가 남긴 노을을 보며

후회 섞인 애환만 늘어놓고 있는게 아닐까

오늘은 정말 노을이 아름답다

늘 그래 왔듯이

앞으로도 그럴 것처럼

사랑하며
살기를

—

사랑하며 살기를

과거의 행복했던 나를 시기하지 않고

미래의 슬퍼할지 모를 나를 두려워하지 않으며

우주
—

그대의 마음은 작은 방에 슬픈 서랍장이 아니라

또 하나의 우주라는 걸 잊지 마세요

자신을

피부에 닿아 있는 거대한 우주와

마음속의 또다른 우주를 연결하는 통로라고 생각해봐요

마음이 매우매우 커지는 그 느낌을

그대가
온다면
—

어느 날 그대가 내게 온다면
나를 지탱하던 모든 것이 무너져 내리겠죠

그대 슬픈 눈으로
그리웠노라 말한다면
참아왔던 모든 것이 왈칵 쏟아져 내리겠죠

그대가 돌아가야 함을
차마 말하지 못하여도
난 죽어도 있어 달라 말 못하겠죠

그들처럼 마주보고,
눈 맞춤해야 사랑이라 할 텐가요?

난 눈 감으면
온통 그대뿐인데…

말하지 못한
이야기

—

술을 좋아하진 않지만
가끔 취하곤 해요

바로 집에 들어가기 아쉬워
별이 가장 잘 보이는 곳에서
몇 개 남지 않은 별을 보곤 하죠

잊으려고 노력했던 사실들이 생생해지고
다 잊은 줄 알았던 향기가 나는 듯해요

문득 말하지 못한 미안함을 전하고 싶어요
당연한 듯 지나쳤던 고마움도 말하고 싶고

마음속에 가득한 붙이지 못한 편지를
내일 그대 책상 앞에 놓아두고 싶네요

어후… 이 술
얼른 깨야겠어요

City of
Rain

—

이 도시는 참…
떠나기에도
머무르기에도
추억이 너무 많네요

아직도

아직 할 말이 많은데
아직 그릴 것이 많은데
아직도 마음은 가득한데

같이 하고
싶은 것

—

같이 하고 싶은 거?
손잡고, 비 구경!

바람이
흘러가면

—

견디기 힘든 향수
바람이 불어오는 곳
계절이 왔다가
머물지 않고 흘러가는 곳

바람이 불어오고
바람이 불어가는 곳에서
잡을 수 없어 따스하고
품을 수 없어 더 가슴 시린

그런 사랑
하고 있네
약한 사람
왜 이리도 약한 사람

별들이
—

나의 어릴 적 꿈에서처럼
이 차가운 도시에
별들이 내려와 꽃을 피운다면
그대와 다시 사랑할 수 있을까

그치지 않는
비
ㅡ

차가워도 닿고 싶고
아파도 흠뻑 맞이하고픈

알 수 없는 이유로 시작된 그대는
아직도 계속되고 있네요

왜 멈추지 않을까요
왜 그치지 않을까요

노랑을
만나면
—

그대를 노랑나비만큼
작아졌다 생각했죠
이제 나의 우주엔 의미 없다 믿었었죠

고작 그 한 쌍의 날갯짓이
별빛을 가릴 수 있겠어
꽃잎을 날릴 수 있겠어
…

하지만 작은 이는 알고 있겠죠
별과 꽃과 나의 향기를 알고
아무리 숨어도 곧 나의 창가에 날아오르겠죠

그렇게 노랑을 만나게 되면
난 그냥 두어야 하는지
망설이다 손등에 앉으면
또다시 내 우주가 되도록 허락해야 하는지…

묻고 싶어도 나뿐이고
숨고 싶어도 그대뿐이라
난 어찌해야 하나요

난 어떻게 해야 하나요

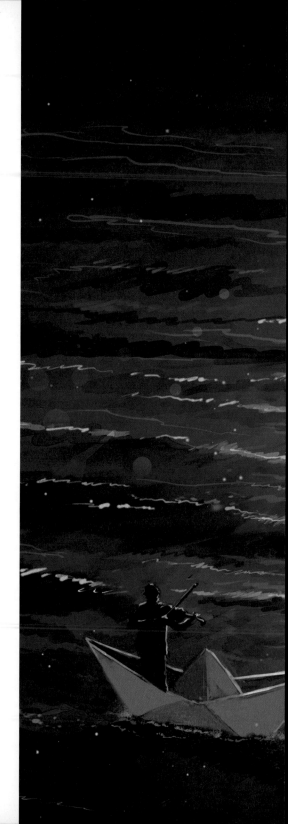

괜찮아요

—

세상이 끝난 것처럼 무너져
어디 하나 디딜 곳 없는 날이 와도
난 괜찮을 거예요
당신이 내게 있었으니
모든 게 다 괜찮을 거예요

겨울

그날의 이야기
—

그날의 이야기가 펼쳐진다
설레고, 감동했던…

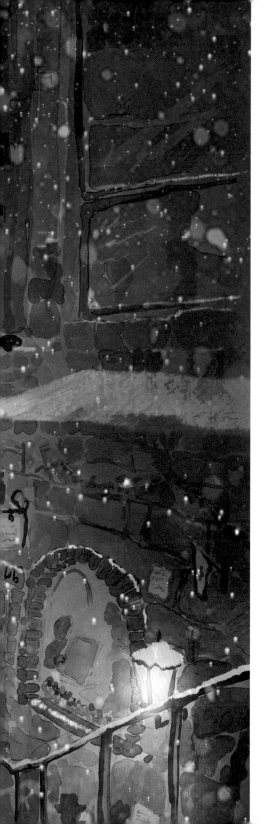

그
겨울날

—

이 거리의 모든 이가
우리를 축복하던
그때 그 설렘이 아직도 가득하다

눈감으면 가슴이 쿵쿵
세상 밖을 두드렸다

풀리지 않는 마법에 걸려
독사과를 먹고 잠들면
깨어나지 못해 평생 그 행복을 꿈꿀 것 같다

겨울이다 나의 계절이다
마음껏 그대를 노래할 수 있는
비로소 나의 계절이다

걷고
싶어요

—

혹시나 이 길 끝에 웃고 있나요
그 미소를 다시 볼 수 있다면
난 평생 끝나지 않는 길이라도
계속 걷고 싶어요

A Winter
Story

—

"그럼 이제는
더 이상 날 안아줄 수 없는 건가요."

그때는 그 말이
이렇게 슬픈 이야기가 될 줄은 몰랐었다

작고 따뜻하던 너의 어깨가
평생 내 가슴에 온기가 될 줄도 몰랐었다

하루 중 언제쯤

그대는 내 생각을 끼워 넣을까

한 달에 한 번

아님 그마저도 하지 않을까

지금 내리는 이 눈을 그대는 보고 있을까

볼에 닿는 눈송이마다 입가에 스미는 한 송이마다

나와는 다른 그리움을 앓고 있을까

오랜 시간이 흘렀어도

날 이렇게 멈추어 세울 수 있는 건 왜 그대뿐일까

그 어떤 새로운 것도 마음 움직이지 못하는 건

왜 나여야 했을까

왜 하필 그대여야만 했을까

눈과 미소

—

눈 속의 여인

어디로 가나요

누구를 만나러 가나요

당신의 그 미소 때문에

그가 부러워집니다

나만
기억하겠지

—

나만 기억하겠지
순간 걱정이 된다
홀로 그날에 갇혀 버린 건 아닌지

별

—

알 수 없는 이유로 태어난 별들이
셀 수 없이 많은 날들을 그 자리에서 빛났던 것처럼
아무런 기약도 없이 그리움만 남아
당신은 내 안에 아직도 빛나고 있네

나의 어릴 적 꿈처럼
이 차가운 도시에
별들이 내려와 꽃을 피운다면
그대와 다시 사랑할 수 있을까

이 남자의 초라한 고백도
별을 가장한 그 어떤 아름다운 거짓도
오늘 그대에게 속삭일 수 없는 건…

파리에
눈이 오면
—

어쩌면, 오랜 기간 동안

그대를 잊으려 했었나 보다

하지만 실패의 대가로

하루도 그대를 생각하지 않은 날이 없었다

어른이 되어도 비를 좋아하고

겨울엔 손꼽아 눈을 기다리듯

그대는 내게 주어진 그리움 같다

계절이 흐르고 눈이 오는 이유처럼

처음부터 내가 그렇게 하도록 만들어진 것처럼…

빗소리

—

아직도 생각해요
작고 따뜻했던 그대의 어깨를
쏟아지는 비에 흠뻑 젖어도
아직 내 품에 남아 있어요

무서운 밤 속에
나 혼자 남겨두고 돌아서던…
멍청히 서서 이별을 막을 수 없었던 난
이 그리움도 막을 수 없어요

불쌍해지지 않으려 미소를 지어도
오늘은 그냥 비 젖은 서른 살이네요

조금만
더
—

그대를 바라다 줄 때면

난 늘 많은 걸 가지지 못해서

더 많이 사랑해주지 못한다 생각했어요

정작 많은 걸 해줄 수 있을 것 같은 지금은

그때처럼 사랑할 수 없는 가슴이 되어 버렸네요

그대에게 매일 건넸던

"조금만 더 있다가 들어갈래요?"

이 말이

내겐 아주 오래된 편지처럼

낯설고 슬프게 느껴지네요

우리
만나요
—

우리 만나요
조금은 춥지만 그래서 당신의 온기가 더 그리운
이 겨울에 만나요

그런 날 만나요
밤새 새하얀 눈이 내려 검게 멍들었던 우리 마음
다 잊혀질 그런 날 만나요

그곳에서 만나요
사람들이 잘 찾지 않는 곳, 우리가 사랑할 때
손잡고 자주 걷던 그곳에서 만나요

그렇게 만나요

마치 어젯밤 잘 들어가라 인사하고 오늘 또 만난 것처럼

어색함 없이 그렇게, 그렇게 만나요

우리 꼭 만나요

혹시나 만날 수 없는 이유라도 있다면

그저 건다 우연이라도

깨어나면 기억 못할 어제 꿈에서라도

말없이 사랑했던 날만큼

눈물 없이 이별할 수 없었으니

언젠가는 꼭 만나요, 우리

사랑합니다

—

사랑한다 말했었죠
다른 누가 들을까 귓가에만 속삭였죠
그대 뒷모습에 수없이 곱씹던
사랑한다는 그 말…

그 시절 내가 잃어버린 것은
그대뿐만이 아닌
사랑을 고백하던 그 남자예요
끝내 그대가 가져가버린 그 말 때문에
난 다시는 말할 수 없게 되었네요

집에
데려다 줄게

—

집에 데려다 줄게

하루종일 같이 있었지만 데려다 줄게

오늘처럼 눈이 와도 데려다 줄게

좋은 날도 다툰 날도 집에 데려다 줄게

꼭 데려다 줄게

운명
—

내가 그대를 알기 전부터
그대를 그리워했던 이유

매일 밤 꿈에서 그대를 만나는 이유와
힘없는 내 손끝에서 그대 얼굴만 그려지는 이유도

알 수 없는 이유로 태어난 별들이 그 거대한 흐름 속에
몸을 맡겨 은하수가 되어 흐르는 것처럼

내가 그대를 사랑하는 이유
아직도 그대를 생각하는 이유

작은 소년이던 시절
별을 보며 막연히 혼자가 아니라 느끼던 이유처럼

어느 하나 설명할 수 없지만
어느 것도 부정할 수 없는 건

그저 난 별에게 운명이라 하소연했어요

얼굴

—

많은 그림을 그려도 그대의 얼굴을 잘 그리지 않는 이유는
내 기억 속 그대 눈빛이
곧 떠날 것처럼 날 바라보고 있어서예요

언제든 잊혀질 준비가 된 것처럼
서둘러 이별을 말할 것처럼
그 고요한 눈빛으로 그렇게 서서히 흐려지고 있네요

왜 바보처럼 웃는 얼굴 한 장 남기지 못했는지
다 잊을 수 있을 거라 생각했는지
잊으면 괜찮을 거라 생각했는지

영원히 기억하고픈
아름다운 사실들은 잊혀지고
생각하기 싫은 나쁜 추측들만
선명해지는 하루네요

결국 이 미련한 사람만 미워지는 오늘이네요

날아올라

오랜 시간 헤어져 있지만
그대도 나의 소식을
별들에게 듣고 있나요

그대 얼굴을 그린 어제도
그대가 미워 토라져 있던 오늘도
내 마음은 늘 그대로 가득했어요

많이 보고 싶어요
눈물을 참을 수 있다면
지금이라도 날아올라
그대에게 가고 싶네요

City of
Rain II

—

어떻게 잊으라 했나요
어떻게 미워하라 말할 수 있었나요
그대는 할 수 있었나요

회색 빛 하늘을 뚫고
한 송이, 한 방울 가슴에 떨어지는 그대를
어찌 미워하라 했나요

하늘만 보며
그대가 내 가슴에 다시 내려앉기만을 기다리는 내게
어떻게 그리 할 수 있었나요

걷고
싶다
—

걷고 싶다

아무도 밟지 않은 눈 위를

우리 발자국으로 가득 채우도록

그대와 밤새 걷고 싶다

겨울에
피어난
—

그대는 이 겨울에 피어났네요

어떻게 내 차가운 가슴에 그렇게 피어났을까요

너무 커서 감출 수도 없게…

Reminiscence

겨울 비

—

늦은 가을 서글프고 조용한
올해의 마지막일 것 같은 비가 내린다

몇 번의 가을이 지나고
어느 날 비가 그치고 나면
난 더 이상 늙는 것을 막지 못해
그대를 추억할 수 없게 되겠지

오래된 기억 속에 어렴풋한 우리를
늘 이렇게 그림으로만 위로하다
차갑게 식어버린 내 가슴이
결국 다시 따뜻해지지 않는다면

그땐 정말
놓아주어야 할 지도 모르겠다
그대도 그림도
사랑도…

겨울비가 슬픈 건
닿을 수 없기 때문이다
미치도록 갈망해도
닿을 수 없는 그대처럼

파리에
비가 오면 II
—

약속이라도 한 것처럼

비가 내린다

가슴에 그대가 내린다

다시

봄

행복한
거리
—

처음 고백했던 그 순간도
가장 비참했던 그날도
난 이 거리를 걸었네요
오늘 문득 눈을 감고
햇살을 느끼니 알겠어요
이 별이 생각보다 따뜻한 곳이란 걸

누군가 그리울 때
그립다 말할 수 있어서
저기 저 작은 꽃에 관한
웃음 짓게 하는 추억이 있어서
우울한 날
모퉁이의 작은 카페에
숨어 버릴 수 있어서
이곳의 이 계절을
가득 느낄 수 있어서

지나고 나니
모든 것이 행복이었네요
잠시 떠난 불행이
다시 찾아오더라도
결국엔 행복해질 것을
이젠 알게 되었네요